Valentin sous zéro

Ils ont dit...

Monarque des glaces

"Une aventure de pure science-fiction, inspirée par la mondialisation, notamment des pouvoirs politiques, et par les changements climatiques"

– Carlos Bergeron, Lettres Québécoises 140, 2011

"Le prix spécial « Monarque des Glaces », de Michèle Laframboise, sans doute le plus beau texte, crépusculaire, triste, et tragique."
– Quoideneufsurmapile.com

"A gripping and harrowing tale of a future Earth where climate change has completely changed the planet... Laframboise's tale is rich in vivid, evocative details."
– Maria Haskin.com

Michèle Laframboise

Valentin sous zéro

Une romance glacée!

Echofictions

Collection Formidables

Valentin sous zéro ©Copyright 2019 Michèle Laframboise

Design de couverture: Echofictions
Photos de couverture: Shutterstock
Dessins intérieurs par Michèle Laframboise
Photographie de l'auteure @Gilles Gagnon

Ce livre a été publié par : Echofictions
Mississauga, Ontario
www.echofictions.com

ISBN 978-1-988339-63-4 (imprimé)

Table des matières

Pour Kris Kathryn Rusch

avec gratitude

Valentin sous zéro

PENCHÉ AU-DESSUS DU VOLANT, Nick s'efforça de distinguer quelque chose à travers le frimas qui envahissait le pare-brise.

Deux rangées de bungalows copiés-collés s'éloignaient dans une perspective parfaite, triangle souligné par les lumières fantômes des lampadaires. La neige gommait les angles des maisons comme une image parasitée sur un vieux téléviseur.

Un vent hostile s'attaquait aux fissures et aux cavités de sa Volvo de l'année suivante, apportant un démenti glacé à la bulle hermétique promise par le concessionnaire.

Un froid polaire s'inséra à sa suite, faisant regretter à Nick l'épais manteau laissé à l'appartement. Sa veste Takay™ ne lui offrait qu'une protection dérisoire, son achat plus dicté par l'esthétique que par des considérations hivernales.

Il se sentait aussi fatigué et glacé que la terre écrasée par l'asphalte. Nick adorait l'hiver et la neige, mais uniquement dans les pages des romans de fantasy.

En plus, sa blouse repassée se tendait en travers de ses épaules tandis que la ceinture sectionnait son corps en deux hémisphères distincts. Ses pieds suaient dans ses bottines Performance™, en dépit des assurances du vendeur que ses bottillons de cuir devraient s'assouplir très vite.

Sur le siège du passager, une boîte de chocolat en cœur et un maigre bouquet de roses achetées au dépanneur semblaient se moquer de lui. Les roses trop souvent croisées explosaient en une profusion de pétales jaunes, sans le moindre parfum. Même en collant son nez sur les fleurs, Nick ne parvenait qu'à respirer l'odeur d'huile et de caoutchouc de son véhicule neuf.

Son estomac vide émet un grognement de dépit. Nick était trop nerveux pour manger. Il a bien tenté de tromper sa faim avec des menthes, mais la dernière pastille s'était depuis longtemps dissoute sur sa langue.

Une envie de se rouler en boule sous la couverture de secours le prit : laisser la neige recouvrir sa tanière de métal et s'endormir comme un animal innocent jusqu'au printemps… oubliant ce rendez-vous funeste. Il était un programmeur, pas un James Bond.

❧⚬❧

LA VOIX PLANTUREUSE DU GPS lui répétait qu'il avait la mauvaise adresse. Nick s'était stationné dans cette avenue aux bungalows copiés-collés pour vérifier une carte de papier qui datait de cinq ans.

Alors que les flocons duveteux s'accumulaient sur ses essuie-glaces et recouvraient la vitre, Nick avait réalisé que, dans sa hâte, il avait interverti les directions Est et Ouest de l'avenue.

Il avait voulu démarrer pour corriger la situation. Hélas, le moteur six cylindres était resté silencieux. La batterie 12 volts à bout de souffle l'avait laissé tomber.

Et il serait bientôt en retard, terriblement en retard. .

❧

LES NUMÉROS DE PORTE des bungalows, dans les quatre chiffres, lui indiquaient la mesure de son erreur.

Nick consulta l'écran bleu de son BlackBerry, se demandant combien de temps encore il devrait attendre le service AAA qu'il avait appelé. Un véhicule flambant neuf!

La tempête continua de siffler et de rire de lui, pendant que la neige obscurcissait graduellement son parebrise.

❧

UN VRAI PAQUET DE NERFS, se dit Dell.

Elle faisait les cent pas, entre les meubles tassés dans son minuscule salon.

L'horloge égrenait les minutes; toujours pas de Nick Glass en vue. Dell inspecta son royaume, un deux pièces, le meilleur appartement qu'elle avait pu s'offrir dans ce quartier de la ville. Les planchers de bois franc étaient brossés, les comptoirs et la table nettoyés, les ustensiles brillants.

Aucune odeur de moisissure ne trahissait sa plus récente négligence. Son tiroir de légumes se transformait régulièrement en crypte.

L'agence No Lover Left Behind avait apparié Dell avec un homme dans sa tranche d'âge et de goûts. Goûts, ici, signifiant: ni trop vulgaire, ni trop snob.

Une conseillère aux yeux dissimulés sous trois couches de maquillage lui avait fait remplir un questionnaire. Les bureaux luxueux de l'Agence, et les frais d'inscription stratosphériques, avaient intimidé Dell.

— C'est notre spécial de Saint-Valentin, avait dit la femme en mâchonnant un cure-dent entre ses dents jaunies.

(Elle portait un nom à syllabes clonées, comme Lili ou Mimi.)

Dell avait signé son nom complet. Sa main tremblait comme si elle signait un pacte avec le diable.

— De-li-lah, avait lu la conseillère avait lu. C'est comme la chanson de Tom Jones.

Que cette femme ait mentionné le chanteur révélait son âge mûr. La conseillère aux syllabes clonées avait peut-être le même âge que sa mère, laquelle avait été une fan du chanteur quand elle avait nommé sa première fille.

Dell avait laissé la femme prendre une mauvaise photo digitale de son meilleur profil (celui qui masquait sa cicatrice). Puis elle était sortie aussi vite qu'elle avait pu, pour fuir cette nouvelle et dure réalité.

❧⸪⸱

CONTRE TOUTE ATTENTE, le téléphone avait sonné deux jours plus tôt.

— Bonjour, est-ce que c'est Delilah-45?

La voix était basse et graveleuse, un brin hésitante.

Avant de réponde, elle s'était avait instinctivement assurée que ses cheveux noirs cachaient le côté gauche de son visage. Comme une mystérieuse femme fatale des romans de poche que son père aimait lire.

Puis elle avait avalé sa salive, et répondu d'une voix aussi claire et légère que possible.

— Est-ce que c'est... Nicko-12?

Lister le prénom suivi d'un numéro avait été une idée de l'agence pour éviter un jugement hâtif, mais l'idée terrifiait Dell. La conseillère avait appelé sa patronne. Une femme encore plus lourdement maquillée était venue prendre cinq minutes de son temps clairement précieux pour lui expliquer leur système de filtrage.

— Soyez assurée que l'agence ne laisse aucun pervers s'infiltrer dans notre système, avait-elle dit, ses bracelets claquant sur ses poignets alors qu'elle fendait l'air de sa main. Même chose pour les candidats avec un casier judiciaire.

Pendant que la femme débitait ses explications, ses yeux charbonneux n'avaient pas quitté le Y incliné qui marquait la joue gauche de leur cliente.

❧

Dell s'approcha de la fenêtre, en prenant garde de ne pas se pencher dans sa robe cocktail trop serrée. (Mettez votre fine taille en valeur, avait suggéré la conseillère.)

Après avoir donné à Nicko douze, alias Nick Glass (il avait décidé de ne pas s'encombrer du système de nombres et avait révélé son nom de famille) son adresse, Dell avait passé les 48 heures suivante dans un état oscillant entre excitation et découragement. Elle avait fait de son mieux pour ignorer la parade de rose rouge et des boites de chocolats au bureau, ou les boutiques chargées de fleurs, ou l'occasionnel regard apitoyé jeté dans sa direction.

Une main retenant le collier de perles d'ivoire de sa mère, elle regarda par la mince ouverture entre les rideaux fermés.

La rue s'était muée en un tableau hivernal dans lequel tourbillonnaient des flocons qui auraient été bienvenus en décembre. En plein mois de février, l'idée d'un autre matin de pelletage de l'entrée l'intimidait.

Elle aurait dû sortir plus tôt pour s'acquitter de la corvée. Mais elle avait été trop occupée à tester son apparence devant le miroir de la salle de bain, à essayer toutes les combinaisons de fonds de teint et de poudres pour dissimuler le rouge accusateur de la cicatrice.

Dell n'était pas vraiment obligée de pelleter l'entrée de l'édifice de quatre étages. Mais le jour quand, en revenant du travail, elle a vu la propriétaire de 80 ans étreignant le manche d'une pelle plus longue qu'elle, la jeune femme s'était arrêtée net et avait offert de prendre cette tâche en main, du moins jusqu'à ce que madame Edwina puisse trouver quelqu'un d'autre.

De gros flocons cotonneux atterrissaient sur la rampe de son balcon gros comme un timbre de poste. Dell scruta la rue vide, les voitures stationnées se transformant en deux rangées de collines blanches.

Le type promis était sans doute en train de chercher un stationnement, sans en trouver. Il essaierait une autre rue enneigée. Dell était devenue une spécialiste dans l'art de trouver des excuses pour la conduite des autres.

Jusqu'à ce que la réalité la morde au visage.

Il ne viendra pas.

La sentence s'infiltra entre ses pensées, bientôt suivie par une horde d'idée sombres.

Cette tempête inattendue avait été trop pour lui. Ou bien, oui, Nick avait repéré le léger relief de la cicatrice sur la photo numérique. C'est ce qui s'était passé avec la dernière agence. Dell avait passé des mois à mourir par en-dedans avant de le découvrir.

Oui, les gens pouvaient être superficiels.

❧⟡❧

NICK FRISSONNAIT dans l'auto qui se congelait, alors qu'il pressait les boutons de son BlackBerry. Composer le numéro de la femme lui prix trois essais. La neige avait maintenant complètement obscurci le pare-brise : seule la lueur bleutée de son écran guidait ses doigts.

❧⟡❧

LE TÉLÉPHONE SONNA.

Je le savais, pensa Dell en serrant les poings.

Sans doute que ce serait mieux comme çà, se dit-elle en regardant la table bien garnie, les verres attendant d'être remplis.

Elle avala la boule de larmes qui menaçait de l'étouffer. Elle était fortement tentée de laisser son répondeur travailler, mais elle souleva quand même le combiné. Après tout, elle avait payé les frais élevés de l'agence. Reculer maintenant serait du gaspillage.

Elle se raidit en prévision des inévitables excuses.

— Allo Delly! Est-ce que tu fais quelque chose de spécial ce soir?

Elle soupira en reconnaissant la voix enjouée. Sa jeune sœur Aline avait le don de choisir les pires moments pour appeler.

— J'ai un rendez-vous.

— Oh.

La syllabe contenait une charge d'émotion.

— Il devrait arriver d'un moment à l'autre, précisa Dell, sa voix pesante.

— Est-ce qu'il sait pour… (Aline s'interrompit à temps.) Bon, bien, j'espère que ça va bien se passer.

Alone connaissait l'histoire de la cicatrice en Y.

Dell clôtura la conversation, notant la minute et trente-sept secondes d'indisponibilité. Elle consulta les appels entrants manqués.

Personne n'avait tenté de la rejoindre.

Il avait une heure de retard.

❧

NICK REGARDA SON BLACKBERRY, consterné.

Quand il avait appelé le CAA, l'appareil fonctionnait. Maintenant, le signal au sommet de son téléphone intelligent était aplati. La pile se mourait. Il aurait dû brancher le fil à son allume-cigare. Avant de fermer le moteur.

Où était donc la dépanneuse? Ils devraient être déjà arrivés! Nick espérait emprunter le cellulaire du mécanicien pour appeler la jeune femme.

Idiot, dit-il à son faible reflet dans le pare-brise.

Delilah devait bouillir d'impatience en ce moment.

La lumière de son téléphone vacilla comme dans un film de zombies de catégorie B.

Plus de pile.

Avec toute cette neige tombée, jamais le mécanicien ne repérerait sa voiture. Nick replie la couverture sur le siège du passager, par-dessus les chocolats et le bouquet qui faisait de plus en plus pitié. Les pétales des roses rouge passion se froissaient déjà.

Il entrebâilla la portière, invitant dans l'habitacle une bise glaciale qui tuerait le reste des roses. Il s'extirpa du véhicule et scruta la rue dans l'espoir d'y apercevoir des gyrophares orange et salvateurs. La visibilité s'était réduite à quelques mètres.

Soudain, il se retrouva dans la mire d'une paire de phares. Une voiture roulait à grande vitesse, son conducteur pressé — ou pressée? — d'arriver à temps à son rendez-vous de St-Valentin.

Nick s'aplatit contre la Volvo enneigée pour ne pas devenir une statistique. Il sentit plus qu'il entendit le léger clic pendant que les pneus du véhicule pressé lui offraient une solide rasade de sloche.

Sa main gantée trouva la poignée.

Verrouillée.

Il balaya de la main la neige sur la fenêtre. Sa clef dans le contact riait de lui.

Dans un véhicule neuf, c'était une invitation irrésistible pour un voleur.

Il aurait dû prendre une clef supplémentaire. Il aurait dû acheter l'option démarrage sans clef.

Il s'était embarré hors de sa voiture. Qu'est-ce qui pouvait aller plus mal? Il se fraya un chemin dans la neige accumulée entre son pare choc et l'arrière de l'auto voisine. Sa jambe gauche frappa une boule de remorque qui dépassait de l'autre véhicule.

Nick perdit l'équilibre et tomba face première dans la neige. En se relevant, un déchirement de tissu lui apprit que son manteau s'était allégé. Il résista à la tentation de donner un coup de pied à cette stupide boule de métal.

Il testa la porte du côté passager. Hélas, barrée elle aussi. Avec le cœur de chocolats en carton et le bouquet de roses agonisantes à demi cachée par sa couverture.

Il se mordit la langue. Quel idiot il faisait!

Faire confiance à un stupide GPS, à un vendeur de char, à une agence douteuse, au collègue non moins douteux qui lui avait suggéré cette agence.

Il appuya son front contre le toit de tôle, le mot Loser voletant autour de sa tête comme un cupidon aux ailes sombres.

C'était la première fois que Nick osait recourir à une aide extérieure pour rencontrer une personne spéciale. La conseillère, trop maquillée lui avait suggéré d'acheter une nouvelle auto, et de meilleurs vêtements. Elle n'avait pas mentionné de fréquenter un gymnase, mais son regard revenait souvent sur sa taille épaissie.

C'était deux mois plus tôt.

Après s'être affamé et puisé dans ses réserves pour acquérir la Volvo, Nick s'était astreint de gravir les deux cents marches d'escalier qui menaient à l'étage de son bureau. Il avait perdu quinze centimètres de tour de taille et une dizaine de kilos.

Rien pour changer sa silhouette de mammouth.

Il regarda entre, à gauche, à droite. Pas de gyrophares bleus et orange.

Nick consulta la belle montre argentée au bracelet de métal. Le service de dépannage devait être inondé d'appels.

Il avait noté l'adresse, mais sur son GPS. Nick fouilla dans sa mémoire centrale interne et repêcha le numéro de la porte. Il y avait aussi un appartement. Mais il ne s'en souvenait pas. Bah, il trouverait le nom de sa Valentine sur le panneau de la réception.

Après un autre long regard sur les cadeaux hors de sa portée, Nick remonta sa fermeture éclair et chemina dans la neige.

❧❦

LA SOUPE AUX LÉGUMES REFROIDISSAIT. Dell avait éteint le four avant que le malheureux poulet ne brûle. La vénérable horloge grand-père du couloir, un cadeau d'Aline, égrenait les minutes menant à la défaite.

Deux heures de retard.

Saisie par une irrépressible envie d'appeler le valentin, elle pitonna son numéro. Après une attente de quatre secondes, une voix aseptisée lui annonça que « cet usager se trouvait hors de portée du réseau ».

Il a dû voir la cicatrice, qu'elle se répéta.

Dell suivit des doigts le relief du Y allongé sur sa joue gauche. Un incident tellement ordinaire, anodin.

Le bébé d'Aline s'était mis à se tirailler avec un chat de gouttière fraîchement adopté. Craignant que le bébé qu'elle gardait ne soit égratigné, Dell avait soulevé le félin sans douceur.

Celui-ci avait répliqué à coups de griffes et de dents. L'infection qui suivit avait été traitée, laissant une cicatrice boursouflée. Son assurance-accident ne couvrait pas la chirurgie esthétique.

Son estomac grogna.

Dell se résigna à réchauffer un bol de soupe dans le très peu romantique four à micro-ondes. Elle mit fin au concerto de Mozart qui jouait à la radio : le Valentin avait mentionné son goût pour la musique classique.

Elle s'assit à table, dans un silence prégnant. Le vent ne soufflait pas assez fort pour siffler, et a neige s'empilait doucement.

Ce qui fait que Dell entendit le grincement familier de la porte du vestibule qu'on tirait.

Était-ce possible? S'était-elle trompée?

Ses yeux rivés sur la boite grise de l'intercom sur le côté de sa porte, Dell attendit le ding de la sonnette.

En vain.

Hélas, la personne qui venait d'entrer dans le bloc-appartement n'était pas venue pour elle.

༈

SES PIEDS ÉTAIENT TREMPÉS à l'intérieur de ses bottines Supérieures™. Nick ne s'était éloigné que d'une cinquantaine de mètres qu'il avait pilé dans une flaque de neige fondue.

La plaque de métal de sa fermeture Éclair s'enfonçait comme un couteau froid sous son menton.

Les températures plongeaient sou zéro: Nick regrettait de ne pas avoir pris la couverture d'urgence avec lui. Celle qui protégeait ses cadeaux. Ses délicats gants de suédine ne valaient rien contre le froid mordant.

Il se fraya un chemin sur le trottoir encombré, scrutant à travers les flocons les numéros qui descendaient. Il aurait dû mettre ses lunettes, au lieu de ses lentilles de contact. Quand il passa enfin l'intersection qui divisait l'est et l'ouest, il ressentit la joie du coureur de marathon au fil d'arrivée. Il allait enfin dans la bonne direction.

Il avait commencé sa marche les mains dans ses poches, mais le bout de ses doigts commençait à geler sous le froid et le vent qui le fouettait. Maintenant, il croisa ses bras pour abriter ses mains sous les aisselles.

Il ne sentait plus ses orteils.

Nick songea aux explorateurs du continent, aux Premières nations qui avaient vécu ici, imaginant des arbres au lieu des buildings. Ils subissaient les rigueurs de l'hiver dans des huttes dépourvues de confort ou d'électricité. Il avait lu de nombreux récits de membres amputés ou de dents perdues sous le gel.

Il poursuivit sa route, gardant ses lèvres serrées. Aucun restaurant, aucune station de service ne jalonnait son chemin. Il supposa qu'une artère commerciale parallèle à cette rue se trouvait sur sa droite ou à gauche.

Quand il atteignit les 3000 après la division est-ouest, un camion-remorque aux flancs marqués du logo du CAA passa en trombe, prêt à réanimer son véhicule. Incrédule, il suivit des yeux les gyrophares orange et bleus jusqu'à ce qu'ils disparaissent dans la tempête.

Là, à ce moment, il sentit que la providence se maquait de lui.

C'en était trop.

Juste.

Trop.

Nick régressa depuis un adulte de 34 ans vers un bambin de deux ans. Il se laissa tomber dans un banc de neige molle et pleura toutes les larmes de son corps.

❧

Dell avait presque terminé sa soupe. Le bruit de porte qu'elle avait entendu tout à l'heure grattait désagréablement son subconscient.

Elle marcha d'un pas mécanique vers sa fenêtre de guet. La couche de neige s'était épaissie sur le sentier menant à l'entrée.

Une couche dépourvue de la moindre trace de pas.

Pourtant, la personne qui était entrée – ou sortie – quelques minutes plus tôt aurait dû laisser des traces encore visibles. Dell appuya son front contre la vitre, cherchant des yeux une silhouette dans la tempête.

Rien. Personne.

Alors, elle perçut un bruit mou de neige grattée.

Donc, si personne n'était entré, ou sorti, ça voulait dire que…

— Oh mon Dieu! s'écria-t-elle.

Dell déchira presque la glissière en la tirant trop fort pour s'extirper de la robe cocktail. Elle enfila un gilet et des pantalons de yoga, puis ses bottes d'hiver et son épais manteau North Goose gris.

Attraper les clefs, les mitaines qui attendaient sur l'étagère près de l'entrée, puis se rua hors de l'appartement.

Elle manqua de chuter dans l'escalier, n'ayant pas enfilé de bas de laine par-dessus les collants de nylon qu'elle n'avait pas enlevés. Elle fila comme une flèche à travers le vestibule, tira la porte intérieure, puis poussa la porte extérieure.

La pelle géante renversés sur elle, la propriétaire gisait en travers du chemin.

— Oh mon Dieu! Madame Edwina! appela Dell, des larmes aux yeux.

La dame tourna la tête, son bonnet tricoté glissant de ses cheveux blancs.

— Oh ça va, Delilah, dit-elle en agitant une main. J'ai juste glissé.

Dell ramassa le bonnet et aida la frêle dame à se relever et la guida dans le vestibule. Alors qu'elle aidait Edwina à s'assoir sur le divan défraîchi du petit vestibule, elle s'assura que la vieille dame n'avait pas été trop secouée.

— Vous ne devriez pas pelleter dehors, Dell gronda gentiment la femme. Qu'est-ce qui serait arrivé si personne ne vous avait vu tomber?

Un proverbe flotta dans l'esprit de la jeune femme : si un arbre tombe dans la forêt et que personne ne l'entend, est-ce qu'il fait du bruit?

La dame âgée leva ses yeux bleus sur la grande brunette.

— Je croyais que vous les jeunes étiez tous sortis ce soir, dit-elle.

— Ce n'est pas une raison pour vous donner une crise cardiaque!

Edwina secoua sa tête, ses mains noueuses entrelacées.

— Oh, ma chère enfant, tu ne comprends pas! Depuis que mon mari est décédé, mon neveu a l'œil sur cette propriété.

— Il veut l'acheter?

Dell se dit que ce serait formidable si la frêle propriétaire pouvait prendre sa retraite aussi loin de cet hiver que possible.

Mais Edwina secoua la tête.

— Non, dit-elle. Daniel cherche à me faire déclarer inapte et me placer sous tutelle, afin de mettre lui-même la main sur le bloc.

Dell pressa ses lèvres minces. Elle avait rencontré ce neveu particulier, un profiteur de première catégorie.

— Alors, s'il passe par ici et découvre que l'entrée n'est pas dégagée…

Sa voix s'éteignit. Dell imagina la suite. Une propriété mal entretenue, votre honneur. Des gens peuvent trébucher et se blesser sur le terrain.

Dell avait suggéré à la dame d'embaucher quelqu'un pour aider, mais sans doute que ses finances (et les loyers relativement bas) l'en empêchaient. Edwina vivait chichement et simplement au premier étage.

— Je suis tellement désolée, Dell s'écria, choquée. J'aurais dû venir pelleter l'entrée plus tôt, au lieu d'attendre ce stupide rendez-vous de St-Valentin!

Une larme tomba de son œil gauche, traçant un sentier salé sur sa joue jusqu'à l'embranchement du Y rouge.

— Ma pauvre fille, murmura Edwina.

Puis, elle sourit,

— Tiens, j'ai une idée : je vais brancher la bouilloire, et quand tu auras fini, tu viendras déguster une bonne tasse de thé avec moi.

Dell acquiesça. Elle n'avait jamais pris le thé avec la propriétaire, mais Edwina n'avait jamais augmenté les loyers depuis que son mari était décédé.

— Merci, dit-elle. Mais ne vous blessez pas!

Edwina s'éloigna d'un pas guilleret vers l'appartement où elle avait vécu 55 ans avec son mari, et deux ans sans lui.

La couche de neige s'était élevée, et Dell poussa contre la porte, balayant une belle section de trente degrés dans la neige.

Elle se mit rapidement au travail, jetant un coup d'œil autour d'elle pour s'assurer qu'aucun neveu profiteur dans une Sedan noire n'était en vue. Mais la visibilité réduite ne lui permettait que de voir des silhouettes informes au roulement assourdi par la couche fondante de sloche.

Puisant dans sa colère réprimée, la jeune femme enfonça le tranchant de la pelle dans la neige accumulée.

Au moins, elle faisait quelque chose d'utile, au lieu d'attendre à sa fenêtre comme une princesse passive!

❧~❦

QUAND NICK PASSA LA MARQUE des 4000 sur l'avenue, la neige atteignait ses genoux, sculptée en crêtes et en creux par le vent. Il y voyait si mal qu'il lui était facile de s'imaginer coincé dans une passe montagneuse, bravant le froid pour rattraper ses compagnons enrobés de fourrures.

Mais il n'était un elfe guerrier que dans ses jeux vidéo. Il se contenta de mettre un pied devant l'autre, sans plus.

Sa réserve d'orgueil s'était épuisée en même temps que lui, apportant un certain soulagement. Nick se présenterait à la porte de sa valentine, lui offrirait ses plus sincères excuses, puis repartirait.

Un bon millier de chiffres plus tard, il marchait d'un pas de zombie, toute sensation évacuée de ses pieds gelés. Avait-il encore des orteils? Pas sûr. Sa vision devenait floue. Ses globes oculaires étaient deux billes de glace. La neige mouillait ses pantalons.

Peut-être qu'il n'y arriverait pas, après tout.

Dans cette désolation, la possibilité devenait très réelle. Il se sentit comme un personnage secondaire dans un film d'aventure, laissé derrière et condamné à mourir de froid, pendant que les personnages principaux poursuivaient vaillamment leur quête.

Aussitôt qu'il trouverait un café ou un autre endroit chaud, il s'arrêterait. Il demanderait, très poliment, s'il pouvait utiliser le téléphone. La bosse de son porte-monnaie dans la poche avant de sa veste Hi-Tech le rassura.

Alors que Nick, pour la énième fois, se dévissait la tête en quête d'un restaurant ou un café, il perçut du coin de l'œil un mouvement sous la faible lueur d'une lanterne. Il plissa les yeux. Oui, c'était le bon numéro de rue, en lettres de bronze au-dessus de l'entrée mal éclairée.

Il s'arrêta pour mieux examiner le lieu de son rendez-vous manqué. À travers les flocons, la façade grise de l'édifice de trois ou quatre étages montrait de l'âge, du caractère.

Il s'était attendu à des blocs copiés-collés, tout en angles économiques et rampes d'accès minimales.

Ici, il pouvait suivre les motifs fluides gravés sur le linteau de pierre, les bandes de briques plus sombres, rehaussée par des losanges de briques claires. Cet édifice étroit devait contenir huit appartements, à moins qu'il y ait une aile supplémentaire en arrière.

C'était le genre de maison des années 1920, bien conservée, comme celle où le jeune Nicky visitait sa grand-mère maternelle pour des friandises, des gâteaux et des bandes dessinées, voici si longtemps. Que cette construction tienne encore debout le fascinait.

La belle maison de sa grand-mère avait été réduite en poudre quand Nick entrait dans sa pénible adolescence. Une tour de condos de vingt étages s'y élevait quand il avait débuté son premier contrat de programmation.

Dans cette image idyllique de neige cotonneuse, se faufilait un son discordant : des grognements et des ahanements, comme ceux d'un animal pris au piège. Une silhouette encapuchonnée se battait contre un mur de neige poussé par le vent qui atteignait sa taille. Les mains maniaient la pelle comme une épée.

La poudrerie au ras du sol l'empêchait de voir autre chose du combattant (clerc, chevalier, moine guerrier?) qu'un volumineux manteau d'hiver, le genre qu'il prendrait avec lui pour escalader l'Everest.

Par contre, le vent lui apporta des jurons bien sentis.

— Han! Prends ça, ordure! Profiteur!

La voix étouffée par le capuchon était indubitablement féminine.

☙❧

DELL ACCABLAIT L'UNIVERS D'INSULTES. Elle aurait dû choisir un manteau plus léger pour cet exercice. Elle suait abondamment en-dessous de son anorak North Pole Goose.

Elle avait fait moins de progrès qu'elle avait espéré. Le trottoir était une plaine lisse et blanche. Ce misérable profiteur pouvait passer d'un moment à l'autre.

Elle pria pour que le neveu jouisse d'un très généreux et très long souper de St-Valentin.

Néanmoins, ses muscles protestaient. Dell ne manquait pas de vigueur, mais jamais elle ne s'était attaquée à un amoncellement tombé aussi vite. Et après avoir tourné en rond à se morfondre pour un rendez-vous manqué!

— Avez-vous… besoin… d'aide? souffla une voix de zombie lugubre.

Dell se retourna, la pelle levée.

Une montagne blanche occupait le centre de la plaine qui avait été le trottoir.

C'était un homme à la carrure de yéti, couvert de flocons de neige brillants. Et, sous ce film de neige… *Mon Dieu, il n'a pas de tuque!*

Elle se fraya un chemin vers l'apparition, gardant la pelle levée juste au cas où.

Le yéti ne présentait pas de danger, occupé qu'il était à râler et haleter comme s'il venait de courir le marathon.

42.2 kilomètres dans la neige.

— Euh, vous êtes sûr que ça va? demanda la jeune femme, craignant à tout moment de voir ce Bon Samaritain foudroyé par une crise cardiaque.

Ou geler sur place.

L'homme, haut et large comme une montagne, ouvrit une paire d'yeux. Dell distingua un fin contour de lentille cornéenne au bord des iris gris.

Il hocha vigoureusement la tête : les flocons qui en tombèrent révélèrent son visage rougi, congestionné. Dell remarqua alors la veste de nylon mince comme du papier, les pantalons de flanelle encore plus minces, et mouillés. La neige masquait ses bottes.

— Mais vous êtes trempé! s'écria-t-elle, sa voix rauque assourdie par le pourtour de son capuchon. Vous ne devriez pas être dehors!

L'homme-montagne secoua la tête, délogent d'autres flocons de ses cheveux bruns. Puis, il tendit une large patte gantée.

Sans dire un mot, Dell le laissa prendre le relais.

Même si l'étranger semblait mal habillé pour le froid, il poussa et repoussa la neige avec énergie, libérant des nuages d'haleine condensée, comme une machine à vapeur.

En cinq minutes, il avait dégagé le chemin sur toute sa longueur, et s'attaquait à libérer le trottoir.

❧∼❦

L'EXERCICE PROCURAIT À NICK une occasion bienvenue de ventiler ses frustrations. Il se sentait déjà un peu mieux : se pencher, pousser, soulever, projeter.

Recommencer.

Parfois, il jetait un regard vers la femme habillée pour escalader l'Everest. Des mèches foncées s'échappaient de la frange de fourrure du capuchon. Elle avait repoussé d'une main ses cheveux vers l'arrière, dévoilant une marque, somme un tatouage guerrier sur la joue.

Avec les pantalons pourpres qui collaient à ses jambes, elle avait l'air d'une héroïne de fantasy. Une elfe guerrière des montagnes. Pas du tout le genre de fille qui attendrait à sa fenêtre dans une robe fourreau comme sa Valentine!

Il repoussa une pelletée de neige avec une vigueur excessive. Pauvre Delilah! Il l'appellerait dès qu'il aurait fini pour lui dire à quel point il était désolé.

Alors qu'il se courbait pour pousser un bloc de neige dans la rue, une paire de bottes pointues s'inséra dans son champ de vision.

— Qu'est-ce que vous faites là? demanda une voix mesquine.

En même temps que le ton mesquin du type, Nick perçut une brusque aspiration d'air par la guerrière derrière lui. De la peur? Il rassembla hâtivement une réponse.

— Eh ben, euh, je déneige, répondit-il.

Le type se dressait en plein milieu de l'espace fraîchement dégagé sur le trottoir. La veste de cuir et la casquette semblaient aussi peu adaptées au climat que son mince manteau de nylon. Le visage portait une expression arrogante que Nick avait souvent observée aux échelons supérieurs de la chaîne alimentaire corporative.

Cet arriviste avait stationné son auto en double. Si la vue de Nick ne le trompait pas, une jeune femme assise sur le siège du passager vérifiait son maquillage avec avec un petit miroir rond.

Quand il reporta son attention sur l'arrogant, celui-ci s'était tourné, un sourire méprisant tordant ses lèvres.

Il fixait d'un regard torve la femme habillée pour le mont Everest.

❧

TRIPLE MERDE! pensa Dell.

Elle aurait dû prendre le temps de parler à ce bon Samaritain. Si ce profiteur de neveu réalisait la nature de son activité, ça ne vaudrait pas mieux que de trouver l'entrée enneigée.

Il ne restait qu'une seule façon de sauver Edwina.

— Oh, salut Dan, dit-elle, avec sa voix la plus innocente.

L'homme montagne et le neveu s'étaient tous deux tournés vers elle.

— Ho, ho, s'exclama le neveu, si ce n'est pas Miss Scarface!

Son estomac se noua en entendant le surnom méprisant gagné juste après qu'elle ait (poliment) refusé ses avances. La fureur monta en elle. Ses poings se crispèrent au fond de ses mitaines.

C'était tellement injuste!

Mais elle devait penser à la gentille Edwina. Elle devrait improviser, et souhaiter que cet aimable yéti comprenne son jeu. Dell aspira une goulée d'air.

— Votre tante vous fait dire bonjour. En passant, elle a embauché Nick, ici, pour pelleter l'entrée.

Elle avait pigé le premier nom qui lui était venu à l'esprit. Bien entendu, l'étranger avait figé sur place, la pelle entre ses mains.

— Ah, vraiment? Fit-il d'un ton sceptique. Nick qui?

Dan releva la visière de sa casquette comme pour mieux examiner le yéti.

— Nick Glass, soupira Dell, priant que l'homme à la pelle lui pardonne.

Celui-ci haussa les épaules.

— Ouais, dit-il.

Une vague de soulagement déferla sur la jeune femme. Merci mon Dieu pour ces bons Samaritains!

Son sentiment de bonheur s'effrita en voyant s'élargir le sourire du neveu.

— Ouais, eh bien, j'aimerais bien voir vos papiers d'identité. Ça ne devrait pas vous déranger, Miss Scarface, mais j'aimerais bien éviter que ma tante se fasse arnaquer.

Il avait percé sa ruse à jour.

Le neveu allait lire un autre nom sur la carte d'identité, et c'en serait fini de la douce propriétaire, et de son logement à prix modique. Elle se pencha pour essuyer une larme.

— Êtes-vous un officier en service? demanda une voix grave et courroucée.

Le Yéti s'était dressé de toute sa taille.

Dans le chemin dégagé, Dell remarqua ses bottines trop courtes, trop chic. Mouillées. Et son manteau était déchiré en arrière. Et ses gants détrempés avaient l'air en papier!

— Parce que seul un officier de police peut demander à un citoyen de révéler son identité. Vous êtes au courant, j'imagine?

Le visage de l'arrogant se contorsionna de colère.

— Espèce de gros…

— Daaan? appela une voix stridente derrière eux.

Une femme avait baissé la vitre d'une fenêtre du véhicule stationné en double.

— On est attendu au Stud Steakhouse!

— Juste une minute, bébé! s'écria Dan.

Il leva son visage renfrogné vers l'homme-montagne.

— Écoute bonhomme, tutoya-t-il, je ne sais pas ce que miss Scarface t'a raconté, mais…

Le Yéti bougea si vite que Dell ne peut distinguer son mouvement. Il agrippa les revers de la veste de cuir et tira, amenant le visage effaré du neveu très près du sien.

Quand il parla, sa voix était très proche d'un grognement animal.

— Écoute, petite tête : un, si tu veux vraiment vérifier mon nom, tu peux appeler la police tout de suite. Je vais attendre parce que ça va être marrant quand il va voir ta bagnole stationnée en infraction. Et, deux…

Le yéti repoussa l'arrogant avec une telle force qu'il se retrouva assis bien au froid dans le banc de neige.

— Son nom, c'est DE-LI-LAH!

❧

LA BAGNOLE DU NEVEU S'ÉLOIGNA, les phares arrière se dissolvant dans la tempête, le grondement du moteur faisant place au silence.

Une fois que son cœur eut cessé de s'emballer, Dell fit un pas vers son Valentin dépouillé de chocolat ou de fleurs.

— Je suis désolé-e, dirent-ils à l'unisson.

Puis, la conversation explosa en un babillage confus mais heureux.

« Le GPS… » « Madame Edwina » « Ma pile morte » « L'Est et l'Ouest » « J'ai dû pelleter » « Embarré hors de ma voiture» « Je n'ai pas reconnu votre voix » « Et p-puis, vous avez p-prononcé mon nom avec t-t-tant d'espoir… »

La voix de Nick tremblait, le froid le gelait jusqu'aux os. Il se sentit stupidement heureux quand Delilah lui prit la main dans sa mitaine.

— Vous êtes mieux de rentrer avant de vous changer en bloc de glace, dit-elle. Madame Edwina a préparé du thé chaud et je crois qu'un convive de plus ne l'ennuiera pas. Et on verra à secourir votre voiture après…

Son grand sourire sous le capuchon de fourrure courba le Y sur sa joue.

Oui, pensa Nick, *elle a l'air d'une héroïne de fantasy.*

Une avec un passé, avec une histoire.

Une histoire qu'il brûlait de connaître.

FIN

Mille Mercis!

Déjà la dernière page… Merci d'y arriver!

Vous avez aimé?
Partagez vos impressions sur vos plateformes favorites! Ainsi, l'auteure gagnera de nouveaux lecteurs et lectrices.

À propos de l'auteure

QUAND ELLE N'ESSAIE PAS de communiquer avec des fleurs inconnues, Michèle Laframboise écrit des histoires de science fiction. L'ex-savante folle (diplômée en géographie et en génie civil) a publié 17 romans et plus de 40 nouvelles, récoltant plusieurs distinctions et prix littéraires.

Ses nouvelles sont parues dans les magazines *Solaris, Carmilla, Galaxies, Géante Rouge, Brin d'éternité, Tesseracts, Fiction River et Compelling Science Fiction, Abyss&Apex*. Elle a été traduite en anglais, en italien et en russe.

Dessinatrice enthousiaste, Michèle a créé une douzaine de BD et entretient un blog illustré. À la plume ou au pinceau, elle concocte des intrigues captivantes et des mondes empreints de poésie.

Site officiel: www.michele-laframboise.com

Blog de science et d'humour: savantefolle.wordpress.com

Site de l'éditeur:

www.echofictions.com

Pour recevoir des nouvelles et des comptes-rendus amusants
de ses lectures, inscrivez-vous à sa lettre:

michele-laframboise.com/fans

Collection Formidables

Les Formidables célèbrent avec humour et panache
la diversité de la vie!

echofictions.com/collections/formidables

Autres livres de Michèle Laframboise

Change ou meurs!

Science-fiction / humour / Premier contact

Les Loongunis ont besoin de fluctuations continues pour s'épanouir, tandis que leurs visiteurs humains supportent mal cette incessante bougeotte. Quand un sabotage met fin aux permutations de leur Boîte de voyage, les Loongunis contraints à l'immobilité risquent de sombrer dans la folie... à moins que leur linguiste ne trouve une solution!

Une savoureuse nouvelle de science-fiction par Michèle Laframboise, une des auteures les plus primées au Canada!

Comment penser à l'intérieur de la boîte
978-1-988339-44-3 (imprimé)

Piégée dans le plus bel endroit sur terre...

Humour / mystère / Ornithologie

Équipée de son guide Sibley, et ses fidèles jumelles, Amanda Byrd poursuit sans fatigue les oiseaux les plus insaisissables.

Sur les traces de son défunt mari, Amanda explore à l'aube un étroit canyon. Alors qu'un magnifique Condor de Californie survole le site, elle découvre avec horreur l'ascenseur détruit, piégeant leur groupe de touristes au fond. Qui a commis ce sabotage, et pourquoi?

L'intrépide ornithologue doit trouver une solution avant que le canyon ne devienne une fournaise mortelle…

Un court récit mettant en scène l'énergique Lady Byrd, écrit par Michèle Laframboise, observatrice d'oiseaux à ses heures.

Condor Canyon 978-1-988339-15-3 (imprimé)

Vous ne pourrez oublier Malak…

Drame / aide humanitaire / mondialisation

Théo, un travailleur humanitaire désabusé, interroge un garçon employé dans une usine de carton. La maturité et la résilience du jeune Malak, évoluant dans ces conditions difficiles, l'impressionnent.

Quand le garçon, du même âge que son fils, disparaît, Théo ne peut pas l'ignorer et laisser tomber. Sa quête de vérité soulèvera plus de questions que de réponses sur les pièges de l'aide structurée et des privilèges acquis.

Un drame psychologique sur fond de mondialisation, raconté par Michèle Laframboise, auteure plusieurs fois récompensée pour ses œuvres.

Le garcon de carton

978-1-988339-29-0 (Imprimé)

Plus de livres à découvrir chez Echofictions.com

Liste d'amitié

Une histoire lie chaque personne dans une chaîne d'amitié. Sentez-vous libre d'écrire votre nom avant de faire cadeau de ce livre à quelqu'un d'autre.

ॐॐ

_____

_____

_____

_____

_____

_____

_____

_____

Encore faim de lectures?

La bibliographie complète de Michèle Laframboise a de quoi
satisfaire l'appétit des lecteurs de tous âges!

michele-laframboise.com/livres/

Et... d'autres histoires bourgeonnent sur Echofictions.com!

Pour recevoir des textes inédits, des entrevues et des surprises,
joignez-vous à sa joyeuse bande de fans :

michele-laframboise.com/fans

Étant elle-même très occupée, l'auteure vous écrira pas plus
d'une fois par mois!